Para Achille y Aube

© Petr Horáček, 2015
Publicado por acuerdo con Walker Books Ltd,
87 Vauxhall Walk, Londres, SE11 5HJ, Reino Unido

Título original: The Mouse Who Reached the Sky

© de la traducción española:
EDITORIAL JUVENTUD, S. A. 2016
Provença, 101 - 08029 Barcelona
info@editorialjuventud.es
www.editorialjuventud.es
Traducción: Christiane Scheurer

Segunda edición, 2018

ISBN: 978-84-261-4244-3

DL B 16871-2015

Núm. de edición de E. J.: 13.602
Printed in China

Petr Horáček

El ratón
y la pelota roja

editorial EJ juventud

Una mañana, el Ratoncito miró hacia
el árbol y vio que de una rama colgaba
algo rojo y brillante.
«¡Oh, qué pelota más bonita!
¡Cómo me gustaría tenerla!», pensó.

**El Ratoncito
intentó alcanzarla,**

pero él solo no podía.

—Necesito ayuda —dijo—.
Se la pediré
a mi amigo el Topo.

Así podremos jugar
juntos con la pelota.

-Hola, Topo, ¿estás ahí?
-preguntó el Ratoncito-.
¡Acabo de ver una pelota muy bonita
colgada en el árbol!

-Es roja y brillante. ¡Si me ayudas
a alcanzarla, podremos jugar con ella!
-¿Una pelota? ¡Genial! Claro que te
ayudaré -dijo el Topo.

—Qué bobo —dijo el Topo—.
Esto no es una pelota,
es un globo rojo.

¡Podremos volar con él!
El Topo se estiró y saltó
tanto como pudo,

pero él solo no llegaba.

—Necesitamos más ayuda
—dijo el Topo.

–Hola, Conejo –dijo el Ratoncito–. Hemos visto
un globo rojo muy bonito en el árbol. Si nos
ayudas a alcanzarlo, lo podemos utilizar para volar.
–¡Qué gran idea! –dijo el Conejo–.
Claro que os ayudaré.

-Qué bobos -dijo el Conejo
riéndose-.
Esto no es un globo.

Es una canica roja.
¡Jugaremos con ella!
Se estiró y saltó,

pero él solo
tampoco llegaba.

—Necesitamos a alguien más alto
que yo —dijo el Conejo—. ¡Pero no
hay nadie más alto que yo!

-¿Alguien más alto que tú?
-gritó el Ratoncito-.
¡YA LO TENGO!

Entonces el Topo subió
encima del Conejo
y el Ratoncito subió
encima del Topo.
Y los tres se
      e s t i r a r o n
      y
      e s t i r a r o n
      y se
tambalearon
      y
    tambalearon...

¡PUM!

El Ratoncito, el Topo y el Conejo
cayeron al suelo
con un golpe tan fuerte
que el árbol tembló...

¡y llovió no una,
sino cientos de aquellas
COSAS rojas y brillantes!

–Oh –dijo el Conejo–. ¡Qué bobos somos! No era una pelota, ni un globo. Tampoco era una canica. Es una deliciosa cereza y ahora tenemos un montón para comérnoslas.

–¡Cuántas cosas podemos conseguir juntos cuando nos ayudamos! –dijo el Ratoncito–. ¡Es mágico! ¡Y todos se rieron!

7